L'ORDRE

DES

BANNERETS DE BRETAGNE.

L'ORDRE

DES

BANNERETS DE BRETAGNE

ET

LEUR ORIGINE,

TRANSLATÉ SUR LE LATIN, ET DEPUIS MIS EN RIMES FRANÇOISES.

A CAEN,
CHEZ MANCEL, LIBRAIRE, RUE ST-JEAN.
1827.

CAEN,

IMPRIMERIE DE F. POISSON, RUE FROIDE.

L'ÉDITEUR AU LECTEUR, SALUT.

Le Poëme dont nous donnons une nouvelle édition a paru pour la première fois à la suite d'un Opuscule de Moysant de Brieux, intitulé : *Les Origines de quelques Coutumes anciennes et de plusieurs façons de parler triviales, avec un vieux manuscrit en vers, touchant l'origine des Chevaliers Bannerets. Caen, Jean Cavelier, 1672, petit in-12 de VIII et 200 pages.* Comme cet Opuscule est devenu très-rare et que cette petite pièce de poésie nous a paru assez curieuse, nous avons pensé que les amateurs de notre ancienne littérature accueilleraient cette réimpression avec faveur.

Comme il ne nous a pas été possible, malgré de nombreuses recherches, de nous procurer aucun renseignement sur les manuscrits qui pourraient encore exister de ce petit Poëme, nous nous sommes contentés de reproduire, avec une scrupuleuse fidélité, le texte donné par Moysant de Brieux, sans y faire d'autres changemens que de rectifier les fautes typographiques qui s'y étaient glissées, en y ajoutant seulement un glossaire pour l'intelligence de plusieurs mots tombés en désuétude et de quelques passages qui avaient besoin d'être éclaircis.

Quant à l'origine et à l'authenticité du manuscrit dont il a été primitivement tiré, comme nous n'avons aucune donnée à cet égard, nous nous bornerons à transcrire ici la note que le premier éditeur avait placée à la suite du Poëme :

« Ce manuscrit, de mesme que celuy du Traité de Chevalerie, est à Torigny, entre les mains de Madame de Matignon, qui m'a fait l'honneur de me les communiquer. J'ay crû qu'elle ne trouveroit pas mauvais que je continuasse d'enrichir de ses trésors la République des Lettres, et que je publiasse en mesme temps la gloire de son illustre Maison, et le ressentiment que j'ay de ses extrêmes bontés :

» Ne les pouvant payer, du moins il les faut dire. »

Cette réimpression n'a été tirée qu'à cent exemplaires.

Caen, le 1er mai 1827. G. DUPLESSIS.

CY EST L'ORDRE DES BANNERETS DE BRETAGNE, ET LEUR ORIGINE, TRANSLATÉ SUR LE LATIN, ET DEPUIS MIS EN RIMES FRANÇOISES.

Banneret est moult grand honor,
Tant à Roy, Prince que Seignor;
Et sa fondation premiere
Vint d'Alexandre et sa banniere,
Quant la Perse allait conquerant
Et toute l'Asie querant.

L'ordre de Banneret est plus que Chevalier,
Comme après Chevalier acconsuit Bachelier,
Puis après Bachelier Escuyer, de manière
Q'après le Duc ou Roy est tosiors la banniere.

Dès que fut le premier des Empereurs Cesar
Jules, je l'acertaine, et le fait est ital,
De nobles Bannerains il composa ses bandes
Qui n'avoient petites prebendes.

Bandes estoient autant que les gardains du corps
De l'Empereur Cesar, de ce je suis records;
Et partout où alloit, tant devant que derrière,
Estoit tosiors bannière.

Auguste, Caligule, et autres Roys ensuite
Jusques à Gratien des bandes firent fuite;

Mais grand meschief en print à icel Gratien;
Car il en perdit vie o tout l'empire sien.

Gratian exilla en la Grande Bretagne
Bannerets par dedain et haine trop etragne,
Dont par leur mal-talent, eux qui cuidoient avoir
De jetter hors les Ducs la force et le pouvoir,
Si (en) élirent un, pour enguigner l'empire,
Appellé Maximus, auquel n'en fust pas pire.

Quand se vit installé, cil Maximus Clemens,
A bien chomer l'etat mist tous ses pensemens;
Et o classe de bien cent mille hommes de guerre
Por passer en Bretagne il quitta l'Angleterre.

Ses biaux bers Bannerains y firent grand echec,
Et pas un des Romains qui demeuroient illec,
Tout premier legions, ni restierent en vie;
Tant avoient Bannerains de forsene et d'envie
Encontre Gracian, que qui estoit à luy
Si passa par l'epée, ou bien-tost se affuy.

Après ce pays conquis Maximus fit retrée,
Et torna vers Paris où vouloit faire entrée
Et pour ce, avant partir, Conan Meriadec
Laissa Roy en Bretagne et une Bande avec.

Cette Bande qu'étoit de bien quarante-trois,
Furent autant de Chefs composés celle fois,

Et leur furent baillés chacun une chentaine
De chevaliers Bretons par chacun capitaine.

Ainsi quarante-trois furent autant de Bandes,
Et par sus tout trois Chiefs leur furent en commandes;
L'un dans le pays Rennois, l'autre à Nante, et le tiers
A Vannes, puis tantost diray les dementiers.

A checun fut donné maintes possessions,
Pour tenir haut état, et faire pensions
A tous les enrollés qu'étoit noblesse gente
Et voisine du lieu, à ce plus diligente.

Ainsi furent en cette saison
Les aisnés de chaque maison
Des nobles, en totes contrées
En celles Bandes registrées.

Quand pour les primerains, ils étoient principaux
En tote la Bretagne, et comme généraux,
Qui n'avoient par sus eux que le Duc seulement,
Auquel ils gardoient foy bien et loyallement.

Ils commandoient sur tout quand falloit poindre et mordre;
Puis en paix ils mettoient toute police et ordre;
Et ainsi fut d'empuis ce Conan un grand pos
Que tinrent la Bretagne en paisible repos.

2

Bretagne fut en pos jusqu'à Hoel le Grand,
Qui en faits et en dits fut moult prince flagrant;
Mais quand fut mort ce Roy, le meilleur que peut estre;
Bretagne vit que c'est que de perdre tel maistre.

Certains nouveaux Creigneurs prirent le nom de Contes,
Et se disant du sang des Roys, par grands mécontes,
Firent ligues à part chacun de son costé,
Où sans les Bannerains ne scay qu'en eust esté.

Contes cuidoient bien usurper
La royauté et l'exsurper;
Mais en vain, car toujours bannières
S'opposerent à leurs manières,
Et rabattirent leurs desseins
Qui n'estoient ni justes ni saints.

Cela fut environ quatre cent quatre-vingt,
Que tote discordance en ce royaume advint;
Puis les Normands Danois bien avant se glissèrent,
Et tant firent d'échec que bien pou en laissèrent.

Rivalon, jeune et bel, en Angleterre estoit,
Qui par le commun bruit ce tumulte escoutoit:
Si partit et la mer traversit o sa suite,
Si bien et si à temps que mist Danois en fuite;
Et jaçoit qu'autre Roy Breton
Fust, non d'effet, ainsois de nom,
Pourtant fust-il Roy d'Annonée
Clamé dès celle mesme année.

Et les Bannerets que mis hors
Avoient Danois, quand les plus forts
Estoient, si reprinrent leurs erres,
Leurs possessions et leurs terres.

Encore deux cens ans patience dura,
Non mie en tot Bretagne, ainsois en ce coin la;
Car jaçoit qu'autre part Bannerets eussent songue,
Par la faute des Roys vaine estoit leur besongne.

Fautes des Roys mal apertys,
Contes refirent leurs partys,
Et débauchirent par leurs thesmes
Nobles, jusqu'à Bannerets mesmes.

Bien près de l'an six cents que vint autre refrain,
Haute Bretagne fust toujours en mauvais train;
Mais venant Roy nouvel o selle Bannerie
Puis ne fust en ce pays mot de mutinerie.

Trois Roys l'un après l'autre y regnèrent contens,
Et la Bretagne fust moult hereusè en ce temps:
Mais ces trois Roys passés, les Contes mirent Bandes,
O tous leurs Chevaliers en routes et debandes.

Quand les Bannerets furent bas,
Les Contes lors, sans nuls debas,
Firent leur desir en Bretagne;
Mais sur ce y vint Charlemagne,
Qui ne trouvant plus Bannerets

A défendre Bretagne prests,
Tout ainsi comme affieroit d'estre,
A bon marché s'en rendit maistre.

Bretagne estoit encore au Roy le Débonnaire,
Quand Neomene vint qui luy fist bien retraire;
Et jaçoit que sous luy, pourtant Bannerets sus
Remist qui les Françoys firent bien aller jus.

Le vaillant Roy Neomenus
Auquel ne se comperent nuls,
Ayant les bandes redressies,
Sans entendre autres sentensies
Que de son simple et franc vouloir,
Reprint Bretagne jusqu'à Loir.

Adonc les Bannerains qui mis bas avoient armes,
Tant par force qu'aussy par fautes de gendarmes,
Que Contes hors tout droit leur avoient débauchés,
Si devindrent plus grands que n'estoient devant chiefs.

Si advint en l'année huit cent quarante et deux,
Et afin d'ovier à cas si hazardeux
De leurs gens suborner, si les mirent à gages,
Et les y tinrent tous o chevaux et bagages.

Autres furent alors, maints autres convenus,
Et leurs furent haussiés honors et revenus,
Si qu'un avoit tant gens par dessus vingt et quatre
Qu'il en pouvoit nourrir en estat de combattre.

Anssi pour empeschier surprises et cas tels,
Leurs furent ottroyés villes, forts et chatels,
O honors, dignités et telles convenanses
Qui de villes et forts sont les appartenanses.

Porter leurs escus en bannieres
Est d'institutions premières,
Comme aussy sur les trois premiers
Avoir couronnes et simiers;
Si leur appartient et les portent,
Et comme à les Ducs se raportent,
Et tot ainsy comme sont Roys,
Et Ducs ainsy sont ils tos trois
En maintes belles entreprises
Que n'est mestier d'estre ici mises;
N'est cette traduction
Que pour donner deduction
En langue vulgare et connue
Des Bannerets la convenue,
Et non de tot le livre : adonc
Seroit icel translat trop long.

Quand le Ber Rochefort, un de ces trois susdis,
Un jour eut noise o Duc, tos furent si hardis
Que de le menacier, se ne vouloit retraire,
Que bien sçavoient moyen comme il le falloit traire.

Bannerets étoient moult greigneurs,
Et en Bretagne grands seigneurs,
Dit le Latin, quand fut l'entrée
D'eux en celle noble contrée.

Or le fils Débonnaire eut moult grand dementier
O Neomene, por le Royaume héritier,
Mais tosiors perdit tems et fut contraint de faire
Paix, si vouloit ses gens de Bretagne retraire.

Pourtant Normands Danois en Bretagne randoient,
Et sans les Bandes plus molestée l'auroient;
Car Neomenus mort, on n'y vit plus que transes,
Que deprisations, embusches et outrances.

Le fils de Neomene, Héruspée clamé,
Fut au lieu de son père au royaume nommé;
Mais Salmon ja yessy de l'aisné Neomene
Si l'occist, puis en près souffrit mort inhumaine.

Salmon occist Héruspée,
Puis Salmon par une autre espée
Fut pouny de ce meffait;
On lui fist comme avoit fait.

Quand Salmon fut occis si fut Bretagne en queste,
Mais tosiors ceux avoient les Bannerets en teste,
Qui piller la vouloient, et deux frères germains,
Yessis de Neomene, en vinrent jusqu'aux mains.

L'un fut Pastenethem, l'autre eut nom Urfaon,
Qui avoient machinée la mort de Salmon;
Puis après mains débas tos si s'en passèrent,
Et à Allain le Grand le royaume laissièrent.

Pastenethem si s'accointa
D'autant Normands que rencontra,
Et se trouvèrent bien ensemble
Trente mille, comme il me semble.

Urfaon lors son recours eut
A Bannerets à qui s'en deult,
Et porce qu'o eux menoit guerre
Pas n'eut mestier grand requerre.

Pastenethem avoit trente mille hommes en suite,
L'autre seulement dix; encore prirent la fuite,
Sinon les Bannerets qui tosiors tinrent bon,
Et donnèrent victoire à Gurnaut Urfaon.

Onc ne fut un miracle tel
Que du preux Gurnaut gent et bel,
Quand o les seules banneries
Fist fouir tant gendarmeries.

Advint un autre tems qu'estoit Allain Rebré,
Contre Judicaël forment moult accabré,
Por ly Royaume avoir que Normans accordèrent,
Porce qu'en conflit mort Judicaël ruèrent.

Alain Rebré, suivant l'accord, parti après,
Sur Hasting se rua o tous les Bannerets,
Si bien et si à tems que ce grand ost défirent
Et puis couronner Duc de Bretagne le firent.

Après cettuy Allain furent deux fainéans
Qui rien l'un après l'autre ne valurent léans;
Et por ce les Danois vinrent sur cette affaire
Où les preux Bannerets n'eurent pas pou à faire.

Portant ces Bannerains force de courre sus
A ces Danois Normans, en eurent le dessus;
Mais si y vint Rollo qui bien eut sa revange,
Mettant tout à la mort, ou bien en terre estrange.

Rollon pour des treus prétendus
Qu'on ne luy avoit mie rendus,
Si vint et envahit Bretagne
O une cruauté étragne;
Il renversa villes et forts,
Fist tout mourir ou yessir hors
Bretagne, tant hommes que femmes,
O des vilenies infames.

Il n'y eut en Bretagne autre que Bannerains,
Ni prince, ni seignor, qui y missent les mains;
Et tant qu'illec y eut de villes en yestance
Ils tinrent bon dedans et firent résistance.

Si par monts et par vaux fut le pays assailly,
Et hors les Bannerets tos orent cœur failly;
Si que tout leur salut estoit fouir grand erre,
A qui premier seroit passé en Angleterre.

Ils furent les derrains de Bretagne à yessir,

Et

Et tant que fut pouer à eux de s'agencir,
Si tinrent bon, mais quand ne porent plus s'espeautres
Tos navrés et recreus ils suivirent les autres.

Ainsi fut à ce Roy Bretagne, en tous itans,
Par ce cruel Rollo déserte d'habitans;
Puis au bout de cinq ans, fortune mieux prospère
Fist sourdre un jeune Allain qui remist tot en aire.

Icel jeune Allain élevé
De sang royal, comme est trouvé,
Emprunta nefs en Angleterre
Por retorner en sienne terre,
Où, quand o sa gent fust venu,
Il fist prest sur gras et menu.

Un prince Banneret qui se clamoit Gouyon
Conduisit celle classe au port de Matignon,
Où arrivé que fut, il descendit sans faille,
Et mist grands et petits en ordre de bataille.

Un chevalier illec estoit
Qui le nom de Gouyon portoit,
Bel et gent en toute manière,
Et qui estoit chief de bannière :
Icel comme sage et expert
Conduisit tot l'ost, comme appert
Par un livre de Bannerie
Fait sans fraude et sans trufferie,
Où estoit son bien et pouer,

3

Pour plus seureté y trover,
Ainsi comme la segnorie
De Matignon, sans jenglerie,
Qu'estoit moult haute baronnie,
Appartenante à baronnie,
Auquel pays ars et démolly
Cuidoient bien ne trouver nully
Qui pust opposition mettre
A ce que vouloient entremettre,
Qu'estoit, sans crainte ni dangiers,
Nettir Bretagne d'estrangiers.
Et pour ce, tot le prime à terre,
Fut o bande, sans plus enquerre,
Cil Gouyon qui desa et là
Occisoit tout, sans dire hola,
Celle gent normande et danoise
Qui tant leur avoit fait de noise.

Si advint qu'environ l'an neuf cent trente six,
En Bretagne Normans Danois furent occis
Par habitans du pays et gens de toute sorte,
Après que passé mer furent sous Barbe-Torte.

Ce nouvel Duc remist tous les Bannerets haut
Et leur donnit moyens et chevances que faut
Pour rebastir chatels et pour relever bandes
Dont la pluspart estoient à mort ou à débandes.

Chacun comme l'aussa usa de son ottroy,
Dont je ne me débats, ne m'en mets en émoy,

Sinon de cil Gouyon pour qui j'ai fait ce livre
Dont moult ay de regret que ne puis l'acconsuivre.

En lui donc finiray celle translation
Que pour luy seul je mets en compilation,
D'un plus large traitié touchant les Banneries
Qui de Bretagne sont les primes Baronnies.

Et est dans par ou ce beau livre
Des Bannerets, sans plus en suivre,
Declame de Bretagne et d'eux
Qu'ont esté grands et valeureux,
Et qui pour défendre patrie
N'ont jamais refusé partie.
Et est ce beau livre en latin
Que moy Prior de Saint-Aubin,
Jadis de la fondation
Des ayeux d'iceluy Gouyon,
Frater Guillelmus, dit l'amant,
Ay translaté, par le command
De dame Jeanne de Bretagne
De Bertrand Gouyon la compagne;
Et fut mil deux cens quatre vingt
Que de translater ce m'advint.
Mais por ce que moult volontiers
Dire voudroye en dementiers
Que sçay sur tant noble matière,
De Gouyon suite plus entière;
Sçachent tant grans comme petits
Que les succedans et natifs

De tant noble et preux personnage
N'ont pris en leur race et lignage
D'empuis autre nom que Gouyon
Qui est tant noble, et d'achoison
Qu'encore aujourd'hui ceux qui vivent
Cette mesme volonté suivent.
Et est par où finit ce livre
Ou abrégié que je délivre
A celle dame, l'an susdit,
Ainsi comme dessus est dit,
Le septiesme juin; et quand l'ame
De celle bonne et gente dame
Yessira de son noble corps,
Jesus luy soit misericors.
Amen.

Ce livre cy fut fait et translaté jadis
Par un Moine qui fut de bons propos et dits;
Aujourd'huy autre Moine, en plus duisant langage,
L'a mis de prose en vers, Diex lui doint bon usage.
Et ce fut l'an que chacun sçait,
Mil trois cens soixante et dix-sept,
Requeste d'autre dame gente
A moult bien faire diligente.
Plaise à elle agréer ce don,
Et à Diex nous faire pardon.

GLOSSAIRE.

ACCABRÉ. Je n'ai trouvé ce mot dans aucun de nos Dictionnaires du vieux langage français, et je ne me rappelle pas l'avoir vu dans aucun de nos anciens écrivains : il me paraît ici signifier *irrité* ; à moins qu'on ne le regarde comme une variante du mot *accarer* qui se rencontre assez souvent et qui signifie : *se trouver en face de quelqu'un*, *rencontrer*.

ACCOINTER (s'), s'allier. Ce mot est un de ceux que M. Charles Pougens pense que l'on pourrait restituer au langage moderne, dans son savant et curieux ouvrage, intitulé : *Archéologie française*, *ou Vocabulaire des mots anciens tombés en désuétude et propres à être restitués au langage moderne*, *Paris*, *Desoer*. *Tom.* Ier, 1821 ; *tom.* IIe, 1825 ; 2 *vol. in*-8°. Il avait de nombreux composés, dont quelques-uns n'ont pas été remplacés, et qui se trouvent encore dans la langue familière de plusieurs de nos provinces.

ACCONSUIVRE. Suivre immédiatement, des mots latins *ad* et *consequi*.

ACERTAINER. Assurer, affirmer, certifier, du latin *certus*. On trouve aussi *acertener*. Ces variations d'orthographe n'ont rien d'étonnant dans une langue qui n'était pas encore fixée.

ACHOISON. Occasion, du latin *accidere*.

AFFIEROIT, desirait. Ce mot répond plus souvent à notre expression *il importe*, du latin *afferre*.

AFFUY (SE). S'enfuit, du latin *aufugere*.

AGENCIR (s'). Ordinairement se disposer, s'arranger ; ici, *se mettre en mesure pour se défendre* : nous disons encore *s'agencer* dans le langage familier.

AINSOIS, AINÇOYS. Au contraire, mais. Dérivé du vieux mot *ains* qui signifie *mais* et *avant*.

« *Ainçoys* toutes promesses qui seroyent et sont faictes au contraire et préjudice des Dames sont nulles, *ipso jure*. »

Les Arrests d'amour, par Martial d'Auvergne ; Amsterdam, 1731, p. 15. (Edition de Lenglet Du Fresnoy.)

AIRE (QUI REMIST TOT EN). *Mettre en aire*, mettre en haut, élever ; *remettre en aire*, relever. Locution qui rappelle le mot grec *airô*, élever, duquel elle tire probablement son origine.

APERTYS. Avertis, du latin *advertere*, par le changement très-ordinaire du *v* en *p*.

ARS. Brûlé ; du latin *arsum*, supin d'*ardere*.

AUSSA. Je crois que le vers où se trouve ce mot devrait être lu ainsi :

« Chacun comme *avisa* usa de son ottroy ; »

et cette leçon me paraît d'autant plus probable que le mot *ausser* ne se trouve pas dans nos vieux auteurs.

BANNERETS, BANNERAINS. Les historiens de Bretagne ne font point une mention particulière des exploits des Bannerets de ce pays. Ce petit Poëme a donc le mérite de nous faire connaître les traditions répandues à cet égard. Sans discuter ici ce point de critique historique, nous allons donner une idée de ce qu'étaient, à proprement parler, les chevaliers Bannerets.

Les chevaliers Bannerets venaient immédiatement après les Barons : on appelait ainsi des chevaliers qui, possédant assez de terres pour réunir plusieurs vassaux autour d'eux, les conduisaient avec eux à la guerre, à la première réquisition du Roi ou de leur Seigneur suzerain. Les conditions exigées pour obtenir ce titre se trouvent ainsi exposées dans le *Glossaire du Droit françois* de Laurière, d'après un manuscrit cité par Du Cange, dans sa neuvième Dissertation sur l'Histoire de St-Louis :

« Quand un Chevalier a longuement servi et suivi les guerres, et qu'il a terre assez tant qu'il peut tenir cinquante gentilshommes (le Poëme dit vingt-quatre) pour accompagner sa bannière, il peut licitement lever bannière, et non autrement; car nul autre homme ne peut porter bannière en bataille, s'il n'a cinquante hommes d'armes, et les archiers et arbalestriers qui y apartiennent; et s'il les a, il doit à la première bataille apporter un pennon de ses armes, et doit venir au connestable ou aux maréchaux réquérir qu'il soit *Banderet*, et se il luy octroyent, doivent faire sonner les trompettes pour tesmoigner, et *doit-on couper la queue du Pennon*, et lors le doit lever et porter avec les autres, au dessous des *Barons*. »

Cet usage de couper la queue ou la pointe du pennon devait son origine à l'opinion généralement répandue alors qu'un étendard de forme carrée était beaucoup plus noble que celui qui se terminait en pointe.

Voyez Du Cange, *Glossaire de la basse et moyenne Latinité*, au mot *Bannerettus*.

H. Spelman, dans son excellent ouvrage, intitulé, *Archeologus in modum Glossarii*, *Londini*, 1626 : *in-f°*, dit avec raison que le titre anglais *Baronnet* répond au français *Banneret*, avec cette différence que le premier signifie proprement *petit Baron*, *Baro minor*, tandis que le second a une signification plus précise, comme venant de l'allemand *Banerherr*, composé des mots *Baner*, Bannière, et *Herr*, qui signifie *Seigneur*.

Les chevaliers Bannerets, lorsqu'ils allaient à la guerre du Roi, avaient le double de la paie des Bacheliers. La paie ordinaire des Bannerets était de vingt sous tournois par jour; celle des chevaliers Bacheliers et des écuyers Bannerets, de dix sous chacun; des écuyers simples, de cinq sous; des gentilshommes à pied, de deux sous; des sergens à pied, de douze deniers, et des arbalêtriers, de quinze deniers.

Au duché de Bretagne, les Bannerets avaient droit de haute justice, de lever justice à quatre piliers, et les possesseurs de porter leurs armes en bannière, c'est-à-dire, en un écusson carré.

Du Cange, 9e *Dissert. sur l'Hist. de St-Louis.*

Ber, homme vaillant, du latin *vir*; il répond également

lement au mot *Baron*, dont l'origine a donné lieu à de nombreuses recherches. L'opinion qui tire le mot *Baron* de l'ablatif latin *viro* me semble de beaucoup la plus probable, et avec d'autant plus de raison, que, dans un grand nombre d'ouvrages écrits en notre ancien langage, ce mot répond au mot latin *vir* et aux mots français *homme* et *mari*. Parmi un grand nombre d'exemples qu'on pourrait citer à l'appui de cette opinion, je me contenterai d'en présenter deux :

« Melior est, ait Salomon, patiens *viro forti*, et qui dominatur animo suo expugnatore urbium. »

Sermon. S. Bernardi.

« Mielz valt, ce dist Salemons, li patiens del fort *baron* et cil ki at signorie sor son cuer, ke cil ne facet ki les citez prent. »

Sermon de S. Bernard, *f°* 73.

« Uxori *vir* debitum reddat, similiter et uxor *viro*. »

« Li *Barons* rendet la dete a sa feme et la feme semblablement a son *Baron*. »

Dialog. de S. Grégoire. 1. *Cor.* 7. 6.

CHENTAINE. Centaine. La prononciation par *ch* des mots qui commencent par un *c* se retrouve encore dans le langage des paysans de quelques-unes de nos provinces. C'est une conséquence abusive de l'usage presque invariable adopté dans notre langue, de remplacer par *ch* le *c* initial des mots latins, lorsqu'il se trouve placé devant la voyelle *a* : ainsi de *Castellum*, nous avons fait *château* ; de *caro* , *chair* ; de *caput* , *chapeau* ; de *calidus*, *chaud*, etc.

Chevance. Biens, richesses, l'avoir d'une personne. *Bonne chevance*, bonne fortune.

« Or estoit vray que pour tousjours fournir aux fraits et aux grandes cheres, sa *chevance* y avoit esté employée, tellement que ses eaues estoient devenues bien basses. »

Arrests d'amour, *pag.* 313.

Chomer. Ici il a le sens de restaurer, soigner. Ce mot s'emploie plus ordinairement pour signifier manquer de matière ou d'occasion pour travailler, et de plus, pour fêter, célébrer une fête. Un ouvrier *chome* d'ouvrage; on *chome* une fête, en ne travaillant pas ce jour-là. Les Etymologistes sont fort partagés sur l'origine de ce mot, que les uns font venir du grec *chasmân*, qui répond au latin *cessare*, et que d'autres tirent du latin *comedere*, *comessatio*. Ménage avoue qu'il ignore tout-à-fait l'origine de ce mot. Le Duchat, plus hardi, le fait venir de l'allemand *scumen*, *cessare*, d'où *scuming*, paresseux.

Peut-être conviendrait-il de lire, dans ce passage, au lieu de *chomer*, le mot *choyer*, qui est fort connu et qui s'emploie souvent dans le sens de *prendre grand soin*. Les nombreuses fautes que Moysant de Brieux me paraît avoir faites dans son édition de ce petit Poëme, dont le manuscrit original a probablement péri, autorisent cette conjecture.

Cil. Celui-ci, celui, du latin *ille*.

Cimier, que l'on trouve quelquefois et mal-à-propos écrit *simier* : la partie supérieure du casque. Il vient du mot de basse latinité *cima*, *quasi coma*, dit Du Cange. — *Cimiers d'armoiries* : ainsi nommés, parce qu'on les met à la cime des casques qui sont sur l'écu.

CLAMÉ. Appellé, du latin *clamare.* Il répond aussi à notre mot *proclamer*, son composé, que nous avons conservé en négligeant le simple.

CLASSE. Flotte, du latin *classis.*

COMMANDES (LEUR FURENT EN). Leur furent soumises, furent placées sous leur commandement.

CUIDER et CUIDIER. Présumer, espérer, s'imaginer. Verbe dont on ignore l'origine, que Barbazan tire du mot latin *quidam*, et qui se trouve aussi dans nos vieux écrivains, sous la forme de substantif.

« En un muy de cuidier n'a pas plain poing de saber. »

« Plus vault ce qui est en vérité, que ce qui est en cuider. »

« Cuider fait souvent l'homme mentir. »

Anciens Proverbes.

De *cuider*, nos aïeux avaient fait *outrecuider*, trop présumer de soi, et le substantif *outrecuidance*, orgueil.

DEMENTIERS se prend ordinairement pour cependant, sur ces entrefaites. Mais ce mot a ici une signification que paraissent n'avoir point connue nos glossateurs : il veut dire : *le reste*, *le surplus*, *les autres.* — Quelques vers plus bas aussi, il se trouve pris dans le sens de *démêlé*, *débat.*

Deprisations. Deprédations.

Derrain, dernier. On trouve aussi *deerain, daerain. Au deerain:* au dernier rang.

Desir (firent leur). Firent à leur gré, à leur volonté.

Deult (s'en). S'en plaignit. Prétérit et présent de l'ancien verbe *se douloir*, se plaindre, du latin *dolere*. Les Italiens disent: *si duole, si duolse.*

Diex. Dieu. De même on trouve *cex*, pour ceux; *Baex*, pour Bayeux.

Doint, subjonctif ancien du verbe *donner.*

Empuis (d'). Depuis lors, depuis cette époque.

Engeigner, enguigner, engingner, etc. Duper, tromper, du substantif *enging*, qui vient lui-même du latin *ingenium*, et signifie esprit, finesse, ruse, tromperie, fourberie, etc. Le verbe se prend presque toujours en mauvaise part. On ne voit pas trop ce que signifie le mot *enguigner* dans le passage où il se trouve dans le poëme: ne pourrait-on lire ici *regaigner (regagner)*, qui me semblerait offrir un sens plus naturel?

Erre, pas, marche, du latin *ire. A grand erre*, à grands pas, en grande hâte.

Eschiec, eschec, echec. Revers, malheur.

Escu. Bouclier, du latin *scutum.* Telle fut la signification de ce mot dans l'origine. On donna ensuite ce nom à la partie de cette arme défensive sur laquelle se trouvaient peintes les armes ou armoiries de celui qui en était possesseur; et plus tard enfin, le nom d'*écu* fut donné à certaines pièces de monnaie qui portaient au revers l'*écu* ou les armes de ceux à l'effigie desquels elles étaient frappées.

Escuyer, ecuyer vient du latin *scutiger*, qui porte l'*escu*. Telles étaient les fonctions d'une certaine classe de gentilshommes qui venaient immédiatement après les chevaliers et dont ils étaient, à proprement parler, les serviteurs d'armes. On trouve encore, dans la maison de nos rois, ce nom appliqué à certaines fonctions domestiques : l'*écuyer tranchant*, par exemple. On nomme aussi *écuyer* un homme habile à manier les chevaux, et alors ce mot tire son origine du mot latin *equus*, cheval.

Espeautres (s'). Se soutenir, se défendre. Ce mot ne se trouve dans aucun glossaire.

Etragne. Etrange. Les Italiens disent *strano*, et ce mot emporte avec lui une idée plus forte que celle de notre mot *étrange* ou *extraordinaire*.

Exsurper. S'emparer par violence, du latin *exsuperare*.

Faille. Substantif du verbe *faillir*. *Sans faille*, sans faute.

Forment. Fortement.

Forsenne, forsene, que l'on trouve quelquefois mal-à-propos écrit *forcene*. Fureur, extravagance, l'état d'un homme hors de sens, ce que les Italiens expriment par *fuor di senno*. Nous disons encore *forcené*, que l'on devrait écrire *forsenné*. Le vieux mot français *fors* est lui-même bien connu : « Tout

» est perdu, fors l'honneur, » écrivait François Ier à sa mère; et cette expression d'une âme toute royale et toute française a fait la fortune d'une vieille locution qui ne peut plus tomber dans l'oubli.

Fuite (firent). Mirent en fuite, dispersèrent.

Gardains du corps. Gardes-du-corps. *Garde* vient de l'allemand *ward: garder, warden.*

Gente. Noblesse gente, haute noblesse, bonne noblesse. *Gente* signifie proprement jolie, gracieuse, agréable; mais dans ce passage, c'est une épithète destinée à étendre la signification du mot *noblesse.* Le mot *gentil*, qui en dérive évidemment, signifie encore aujourd'hui, dans le langage du peuple de la Bourgogne, une personne distinguée par sa conduite et ses qualités privées. Le mot italien *gentile* a la même signification, et il indique aussi une naissance et une éducation distinguées.

Greigneurs, greignors, greignours, etc. Forts, puissans, plus grands, du latin *grandior.*

Icel. Celui-ci, *hicce:* dans notre langue judiciaire, qui paraît avec raison un peu surannée, nous avons conservé le mot *icelui.*

Illec. Là, du latin *illic.*

Ital. Tel, du latin *talis.*

Itans (en tous). En tous lieux.

Jaçoit, ja soit. Quoique, de *jam sit.*

Jenglerie (sans). Sans fraude, sans détour, sans

artifice. On disait plus généralement et l'on dit encore *jonglerie.* Ce mot désignait proprement l'art des *Jongleurs* : mais, de nos jours, il ne s'emploie plus que dans le sens figuré.

Les jongleurs étaient, comme on sait, des espèces de bateleurs ou comédiens ambulans qui, dans le moyen âge, couraient de villes en villes, de châteaux en châteaux, pour amuser nos bons aïeux, et charmaient, par leurs farces grossières ou leurs tours d'adresse, l'ennui des vieux manoirs. Ils voyagèrent d'abord à la suite des troubadours, puis bientôt après ils formèrent une classe tout-à-fait distincte. Quelques-uns d'entre eux réunissaient plusieurs talens, et il n'était pas rare de trouver, parmi ces bateleurs des onzième et douzième siècles, de joyeux conteurs, des poëtes assez ingénieux et des musiciens agréables. — Il est fait mention des jongleurs dès le temps de l'empereur Henri II, mort en 1056.

Les étymologistes ne sont pas d'accord sur l'origine du mot *jongleur.* L'opinion la plus commune, et peut-être la plus vraie, le fait venir du latin *joculator.* Au reste, on a remarqué que les mots *gaukelen*, en allemand, *gauchelen*, en flamand, *to juggle*, en anglais, et *jongler*, en français, signifient également : *faire des tours d'adresse.* Cette analogie de forme dans des mots appartenant à des langues diverses, pourrait faire croire avec quelque fondement que ces langues ont pris ce mot à une source commune.

Comme nous l'avons dit, les mots *jongleur* et *jon-*

glerie ne s'emploient plus maintenant que dans le sens figuré et toujours en mauvaise part.

Jus. A bas, à terre.

« Tu rueras *jus* les armes », c'est-à-dire, tu mettras bas les armes.

Des Lovenges de Lovize Labé, Lionoize, éd. de Lyon, 1824, in-8°., p. 150.

Faire aller jus; mettre à bas, renverser, abattre, mettre au néant.

Léans, céans. Là, en ce lieu, de ce lieu. Bullet dirait que ce mot vient du celtique *lez*, qui veut dire *près*.

Mains (en vinrent jusqu'aux). Se battirent; nous disons aujourd'hui : *en venir aux mains;* on trouve dans *Salluste: venire in manus*, dans la même signification.

Marché (a bon). Cette expression se retrouve encore dans le langage familier de nos jours. *Marché* tire probablement son origine de *merces*, marchandise.

Mecontes. Faux contes, ruses, tromperies.

Meschief. Malheur, accident. On a aussi le verbe *mescheoir*, qui vient de *malè accidere*, *malè cadere*, et qui signifie *éprouver quelque malheur.*

Mestier (il n'est). Il n'est pas besoin. Les Italiens disent : *non è mestiere.* Lenglet-Dufresnoy (Glossaire des Arrests d'amour) assure que ce mot se prenait

prenait encore dans le même sens, de son temps, dans la Flandre Wallone.

MOULT. Beaucoup, du latin *multum.*

NAVRÉS. Blessés, épuisés, battus. Ce mot s'emploie encore au figuré : *navré de douleur.*

NEF. Vaisseau, du latin *navis.* La *nef* de nos églises a la même origine, et doit son nom à sa forme.

NETTIR. Nettoyer, rendre net, purger. Le mot *net* paraît venir du latin *nitidus.*

NOISE. Querelle, dispute. Nous disons encore dans le style familier : *chercher noise.*

NORMANDS-DANOIS. C'est par ce nom qu'on désignait ces peuplades barbares du nord de l'Europe, qui, dans le neuvième siècle, firent en France de si désastreuses incursions, et finirent par s'établir dans la *Neustrie*, qui prit leur nom et le garde encore aujourd'hui. Ils débarquèrent à Nantes, en 843; ils firent une seconde descente en Bretagne, en 847. Neomene, que Dom Morice (Hist. de Bretagne) appelle *Nominoé*, voulut s'opposer à leur invasion dans ce pays, mais il fut battu trois fois de suite, et ne vint à bout de les faire sortir de ses états qu'à force d'argent. On consultera avec fruit, sur cette époque intéressante de notre histoire, l'ouvrage de M. Depping, couronné en 1822 par l'Académie des Inscriptions et Belles-Lettres, et qui a pour titre : Histoire des expéditions maritimes des Normands et de leur établissement en France au dixième siècle. Paris, 1826, 2 v. in-8°.

NULLY. Personne, rien aucun, du latin *nullus.*

> Avez-vous regret à *nully* ?
>
> (L'Amant rendu Cordelier.)

On trouve aussi *nu luy.*

O. Avec. Un prudhomme croyant avoir entendu parler son chien, dit à son fils :

> Va tost, si conte ces merveilles
> Au Prestre, si l'amene *o* toi,
> Et li di qu'il aport *o* soi
> L'estole et l'eve (l'eau) beneoite.
>
> Fabliau d'Estula.

> Hue ot non de Tabarie ;
> *O* luy ot grant compaignie
> De chevaliers de Galilee,
> Car sire estoit de la contree.
>
> L'Ordene de Chevalerie, v. 25--28.

OST. Camp, armée, du latin *ostium.*

OUTRANCE. Subst. Excès, du latin *ultrà. A outrance,* à l'excès, jusqu'aux dernières extrémités.

OVIER. Obvier, s'opposer, du latin *obviam ire.*

PAYS. Il est à remarquer que l'auteur fait toujours ce mot d'une seule syllabe.

PENSEMENT. Pensée, réflexion.

PENSION. Paye, du latin *pensio,* de *pendere.* Ce mot n'est plus d'usage que dans le sens de revenu annuel.

POINDRE. Proprement piquer, et par extension,

attaquer, tourmenter, harceler. Il vient du latin *pungere*, comme *oindre* vient d'*ungere*.

> Remors de conscience me *point*.
>
> L'Amant rendu Cordelier.

On connaît ce vieux proverbe :

> Oignez vilain, il vous poindra;
> Poignez vilain, il vous oindra.

Pouer. Pouvoir.

Police. Ordre dans l'état, gouvernement. Il vient du grec *politeia*.

Pos. Repos. Il signifie aussi un certain laps de temps. *Un grand pos*. Les Italiens disent dans le même sens : *un pezzo*.

Prébende. On a dit aussi *Provende*, de *Proventus*. Revenu. Ce mot, qui est resté dans notre langue, ne sert plus qu'à désigner le revenu d'un bien ecclésiastique, et, par extension, ce bien lui-même. Quelques étymologistes le font venir à tort de *præbere*.

Prest (faire). Faire main-basse, se jeter sur. Je ne sais pourquoi cette locution a été omise dans tous les glossaires de l'ancien langage.

Primerain. Qui occupe le premier rang. Il est à propos de remarquer cette terminaison, qui se retrouve dans les mots *suzerain*, *souverain*.

Quant pour. Quant à.

Querant. De *quérir*, qui répond à notre verbe *chercher*, mais avec une signification plus énergique dans ce cas. *Quérir* est encore usité de nos jours dans plusieurs provinces de France. Il vient du latin *quærere*.

Queste. Recherche, examen, du supin *quæsitum* de *quærere*. « Si fust Bretagne en queste » : la Bretagne fut explorée de toutes parts.

Rauder. Nous écrivons aujourd'hui *rôder*, que Nicot fait venir de l'hébreu *rod*, qui signifie *migravit, vagatus est*. Du mot *rauder* ainsi écrit nous avons fait *maraudeur*.

Records (de ce je suis). Je me souviens de cela, du latin *recordari*. Les Italiens disent : *mene ricordo*.

Recreus. Fatigués, épuisés.

Refrain (par un autre). D'une autre manière.

Retraire. Retirer, du latin *retrahere*.

Retree. Retraite : « Maximus fit retree », *fit retraite, se retira*.

Revange. Nous disons aujourd'hui *revanche*. Le mot anglais *revenge* signifie *vengeance*, et paraît être le vieux mot français dont l'orthographe a subi une légère modification.

Route. Nous disons *déroute* dans le même sens. Ce mot pourrait venir de *ruere*.

Saint-Aubin. Abbaye de l'Ordre de Citeaux, fondée, le 3 février 1137, par Geoffroy Boterel, comte de Lamballe.

Sentensies. Avis, du latin *sententia*.

SONGNE. Soin, occupation. De ce vieux mot est venu son composé *besogne.*

TESTE : « Avoient les Bannerets en teste », trouvoient de l'opposition de la part des Bannerets.

THESMES. Propositions, artifices, raisons mises en avant. *Thesme* vient du grec *tithêmi*, placer.

TOSIORS, TOSJORS. Toujours ; adverbe composé de deux mots faciles à reconnaître.

TRAIRE. Tirer, du latin *trahere.*

TREUS. Tributs, impôts.

TRUFFERIE. Tromperie, fourberie. Nos aïeux disaient aussi *tartuferie* dans le même sens, et c'est ce dernier mot, selon toute apparence, et malgré les mille et un contes écrits à ce sujet, qui a fourni à Molière le nom de son *Imposteur.* Voyez à ce sujet la Notice de M. Etienne, en tête de l'édition de *Tartufe*, donnée en 1824, par M. Panckoucke, in-8°.

YESSY. Sorti. Participe de l'ancien verbe *yessir*, *yssir*, qui vient d'*exire*, et duquel nous avons fait les mots *issu*, *issue.*

YESTANCE (TANT QU'IL Y EUT DE VILLES EN). Tant qu'il resta une ville debout, du latin *stare.*

FIN.